개가 가르쳐 준
삶의 교훈들

Original Title : Life Lessons I Learnd From My Dog

First published in Great Britain in 2019 by Michael O'Mara Books Limited,
9 Lion Yard, Tremadoc Road, London SW4 7NQ
Copyright ⓒ Michael O'Mara Books Limited 2019
All rights reserved.
No part of this book may be reproduced or transmitted in any form or by any means,
electronic or mechancial, including photocopying, recording,
or by any information storage and retrieval system, without the written permission of the publishier.
KOREAN language edition ⓒ2020 by Green House Publishing Co.
KOREAN translation rights arranged with Michael O'Mara Books Ltd through Pop Agency, Korea.

개가 가르쳐 준 삶의 교훈들

엠마 블록 글·그림 | 김지선 옮김

GREEN HOUSE

내 아버지 폴 블록과
우리 집 개 새미(2003~2019년)에게
이 책을 바칩니다.

난 늘 개들과 함께 자랐다. 부모님이 처음 키우신 맥스는
내가 태어났을 때 겨우 생후 몇 개월 된 강아지였는데,
우린 둘 다 이앓이를 하느라 거실 바닥에서 함께 뒹굴며
책을 잘근대곤 했다. 나중에 부모님이 데려오신 다른 개,
새미는 15년 동안 우리 가족의 사랑을 받았다.
어른이 된 후, 일요일마다 부모님 댁을 찾으면 털투성이 친구가
잔뜩 흥분해서 날 맞아 주었다. 오후에는 해변을 한참 산책하고
저녁에는 소파에 웅크린 채 함께 시간을 보내고 나면
온 몸이 개털로 범벅되곤 했다. 난 늘 개들을 사랑했다.
앞으로도 쭉 그럴 것이다. 개들은 영원한 낙천주의자이고,
바보 같고, 장난기 가득하고, 용서와 끝 모를 충성심으로 넘친다.
그래서 개들은 우리에게 많은 걸 가르쳐준다.

엠마 블록

ALWAYS BE ENTHUSIASTIC

언제나 불타는 열정으로

OVERCOME FEAR WITH LOVE

사랑은 두려움을 이겨요

DON'T HOLD GRUDGES

뒤끝은 짧을수록 좋아요

PLAY EVERY DAY

하루하루 즐겁게

ACCEPT
YOURSELF

있는 그대로의
나라도 괜찮아

SHOW COMPASSION

마음을 함께 나눠요

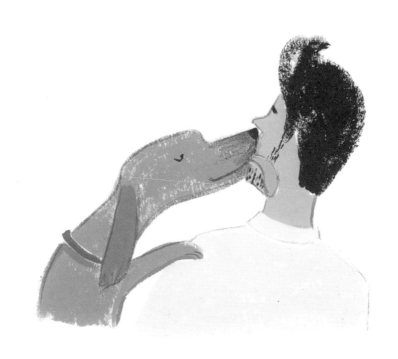

SHOW YOUR LOVED ONES
HOW MUCH YOU CARE

사랑한다면 아낌없이 표현해요

ENJOY THE JOURNEY

여행을 즐겨요

LOVE UNCONDITIONALLY

사랑에 조건은 필요 없어요

JUMP FOR JOY WHEN
YOU'RE HAPPY

행복할 땐
깡충깡충 뛰어요

GREET THE ONES YOU LOVE

사랑하면 반갑게 인사해요

YOU ARE NEVER TOO OLD TO PLAY

놀기에 늦은 나이란 없어요

APPRECIATE ONE ANOTHER

서로가 있음에 감사해요

FORGIVE EASILY

용서를 미루지 말아요

자신만의 속도로 인생을 걸어가요

SAVOUR YOUR FOOD

맛있는 음식은 인생의 행복이지요

BE LOYAL

친구에게 충실하세요

ENJOY THE SILENCE

때로는 침묵을 즐겨 봐요

LIVE IN THE MOMENT

순간순간을 놓치지 말아요

STAY FOCUSED

목표를 잊지 말아요

FRIENDSHIP CAN BE EASY

우정은 어려운 게 아니랍니다

DRINK LOTS OF WATER

물을 충분히 마셔요

DO THE THINGS THAT MAKE
YOU HAPPY

당신을 행복하게 만드는 일을 하세요

ANY JOB IS WORTH DOING WELL

대충 해도 되는 일은 없어요

STAY ACTIVE

늘 활기를 잃지 말아요

TREAT YOURSELF

우선 자신에게 잘하세요

GO AFTER THE THINGS THAT ARE
IMPORTANT TO YOU

당신에게 중요한 것을 좇아요

ALWAYS MAKE EYE
CONTACT

상대방의 눈을
똑바로 바라보세요

MOVE PAST YOUR MISTAKES

지나간 잘못일랑 훌훌 잊어버려요

SPEND LOTS OF TIME OUTSIDE

야외활동을 마음껏 즐겨요

DON'T BE AFRAID TO GET MESSY

조금 지저분해져도 괜찮아요

ENJOY THE QUIET MOMENTS

침묵의 소리를 들어 보세요

ENJOY THE
VIEW

아름다운 풍경을
즐겨요

TRUST YOUR INSTINCTS

자신의 직감을 믿어 보세요

DIG FOR BURIED TREASURE

파묻힌 보물을 찾아내요

NEVER PRETEND TO BE SOMETHING
YOU'RE NOT

내가 아닌 다른 사람인 척하지 말아요

GET ENOUGH SLEEP

잠은 충분히

LOOKS CAN BE
DECEIVING

겉모습에
속지 말아요

LET YOUR ANGER GO

분노는 그냥 놓아버려요

STRETCH EVERY MORNING

매일 아침 기지개를 켜 봐요

GROWL WHEN YOU WANT
SOME SPACE

혼자 있고 싶을 땐 으르렁!

THE SIMPLE THINGS IN LIFE ARE
THE BEST

인생은 단순한 게 최고랍니다

STOP AND
LISTEN

때로는 멈춰서
가만히 들어 봐요

LOVE WITHOUT EXPECTATION

사랑한다면 기대하지 말아요

ESTABLISH YOUR BOUNDARIES

자신만의 공간도 필요하답니다

GO FOR WALKS EVERY DAY

매일 산책 잊지 말아요

STAY CURIOUS

궁금해하는 마음을 잃지 말아요

TRY ANYTHING ONCE

뭐든 한 번씩은 해봐요

STAY CONNECTED

멀어지지 말아요

IT'S NOT JUST ABOUT YOU
자기 생각만 하지 말아요

DON'T WORRY WHAT
OTHERS THINK OF YOU

남들 눈을 너무
신경쓰지 말아요

PLACE YOUR TRUST WISELY

믿을 상대는 현명하게 선택해요

TOUGH TIMES NEVER LAST

힘든 시절도 언젠가는 지나간답니다

ROCK YOUR OWN STYLE

나만의 스타일을 찾아봐요

GIVE EVERYBODY ...

누구에게나 한 번쯤은……

... A CHANCE

......기회를 주세요

BE UPFRONT WHEN YOU'RE NOT HAPPY

불만을 쌓아두지 말아요

ACCEPT COMPLIMENTS WELL

칭찬은 칭찬으로 받아요

TRY TO SHARE EVERY
DAY

매일 함께
나눠요

ADAPT TO NEW SURROUNDINGS

새로운 환경을 얼싸안아요

LOVE IS ALL THAT MATTERS

중요한 건 오직 사랑뿐

KEEP A GOOD ...

놓치지 말아요 ......

... LIFE BALANCE

...... 삶의 균형을

BE POSITIVE

늘 좋은 면을 찾아보세요

FEEL THE FEAR AND DO IT ANYWAY

두렵다고 피하지 말아요

DON'T GOSSIP

뒷말은 하지 말자고요

LIFE IS SIMPLER ...

단순하지만 중요한 삶의 비결은 ......

... WHEN YOU ASK FOR WHAT
YOU WANT

...... 바로 원하는 걸 말하는 거랍니다

NO ONE IS
AN ISLAND

우린 외따로
떨어진 섬이 아니에요

LIFE IS TOO SHORT TO BE SAD

슬퍼하기에 인생은 너무 짧답니다

DON'T GROW UP

어른이 되지 말아요

A BEST FRIEND IS FOR LIFE

최고의 친구는 평생 가지요

EYE CONTACT
IS EVERYTHING

눈 맞춤을 잊지 말아요

FOLLOW YOUR BLISS

당신의 행복을 찾아가세요

BEING SMALL DOESN'T
MEAN YOU CAN'T DREAM
BIG

아무리 작아도
꿈은 크게 꿀 수 있어요

CARRY YOURSELF WITH CONFIDENCE

자신감을 잃지 말아요

DON'T JUDGE A BOOK BY ITS COVER

표지만 보고 책을 판단해선 안 돼요

IT'S THE SIZE OF YOUR HEART THAT MATTERS

중요한 건 마음의 크기랍니다

VARIETY IS THE SPICE OF LIFE

다양성은 인생을 흥미롭게 해줘요

DON'T
TAKE YOURSELF TOO
SERIOUSLY

때로는 가벼워질
필요도 있어요

FRIENDS COME IN ALL SHAPES AND SIZES
누구와도 친구가 될 수 있어요

ACT FIRST, APOLOGIZE LATER

사과는 행동한 뒤에 해도 늦지 않아요

BE PREPARED

준비는 늘 철저하게

CHERISH LAZY
DAYS

가끔은
게을러져 보자고요

EMBRACE ADVENTURE ...

모험을 피하지 말아요......

... BUT APPROACH THE UNKNOWN
WITH CAUTION

하지만 무턱대고 덤비는 건 곤란하죠

DON'T LET THE CRITICS GET YOU DOWN

남의 말에 기죽지 말아요

THERE'S NO SHAME IN ASKING
FOR HELP

부끄러워 말고 도움을 청하세요

LOVE AT FIRST
SIGHT IS REAL

첫눈에 반하는 사랑은
분명 존재한답니다

THE HEART WANTS
WHAT IT WANTS

심장이 원하는 걸 따라가세요

PRACTICE ...

MAKES ...

PERFECT!

연습하면...... 언젠가는...... 완벽해질 수 있어요!

SEIZE ALL OPPORTUNITIES

기회를 놓치지 말아요

KEEP FOCUSED ON YOUR GOAL

목표를 두고 한눈팔지 말아요

SOMETIMES JUST
LISTENING IS BEST

때로는 그냥 가만히
들어주는 것도 좋아요

YOU YOURSELF HOLD THE KEY TO
CONTENTMENT

만족의 열쇠는 바로 당신이 쥐고 있어요

BEAUTY IS IN THE EYE OF
THE BEHOLDER

아름다움은 당신 마음에 달려 있어요

SOMETIMES IT'S OKAY
TO BLEND IN

항상
튈 필요는 없어요

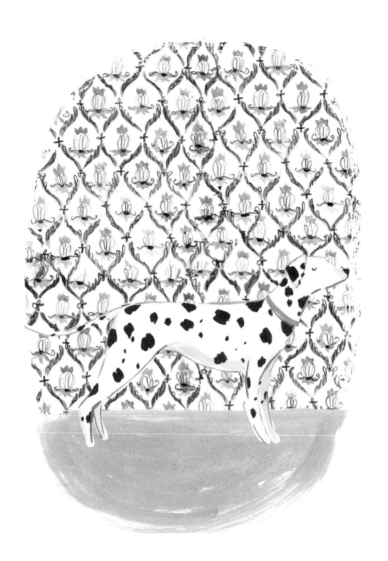

PERSISTENCE PAYS OFF

인내의 대가는 달콤하답니다

개가 가르쳐 준 삶의 교훈들

초판 1쇄 인쇄 2020년 5월 12일
초판 1쇄 발행 2020년 5월 30일

글·그림 엠마 블록
옮긴이   김지선
펴낸이   백영희
펴낸곳   (주)그린하우스

편집 허지혜 | 마케팅 허성권
디자인 정계수 | 제작 미래피앤피

등록 2019년 1월 1일(110111-6989086)
주소 강남구 강남대로 62길 3, 8층
전화 02-6969-8929 팩스 02-508-8470

ISBN 979-11-90419-21-5 (03840)

엠마 블록

엠마 블록은 화가 겸 일러스트레이터로, 저서로는 『수채화의 즐거움』이 있다.
출판, 포장 및 브랜드 업계과 함께 일해 왔다. 로이터통신, 스타일리스트, 블룸스버리,
하퍼콜린스, 허스트, 유니클로, 타임 아웃, 트레이드 조 등에 일러스트를 제공했다.
런던에서 살며 구아슈와 수채화를 가르치고 있다.

번역 김지선

서강대학교에서 영어영문학을 공부했으며 출판사 편집자를 거쳐
지금은 영어로 쓰인 다양하고 흥미로운 이야기를 우리말로 옮기는 일을 하고 있다.
옮긴 책으로 『오만과 편견』 『엠마』 『제인 구달: 희망의 자연』
『폴리팩스 부인과 꼬마 스파이』 등이 있다.